いぬのせなか座

山田亮太

本書は、詩人・橘上の即興朗読公演「NO TEXT」で生まれた詩をもとに、松村翔子が新作戯曲、詩人の山田亮太・橘上が新作詩集を制作するプロジェクト『TEXT BY NO TEXT』の一冊として刊行されました。

装釘・本文レイアウト＝山本浩貴＋h（いぬのせなか座）
表紙使用作品＝ヨゼフ・チャペック『こいぬとこねこのおかしな話』1928年

CONTENTS

XT Note

XT NOTE 1

言葉があなたにとって
どんな意味を持つのかをよく考えること
それはあなたの義務です

どんな食べ物が好きでどんな食べ物が嫌いなのか
知っていて嫌いなものばかり食べる
食べ続けていればいつか好きになると信じている
手のひらの上にピーマンが載っている
あなたはそれが嫌いだ嫌いなそのピーマンを食べる
食べてもっと嫌いになる手のひらの上に

ニンジンが載っているそれが嫌いだ
嫌いなそのニンジンを食べる食べてもっと
嫌いになる手のひらの上に鉛筆が
載っているあなたはそれを食べる鉛筆が折れて
口の中で粉々に砕け文字が溢れるそれを
解読しその言葉をしゃべりつづけている
あなたはそれを聞け
あなたにはそれを聞く義務がある
明日八時に起きようと思ったけれど七時三〇分に起きるだろう
起きたいと思う時刻よりも三〇分早く起きてしまう
明日九時に待ち合わせをしようと思うけれど八時三〇分に着くだろう
約束の時刻よりも三〇分

早く着いてしまう

ありのままを話そうと思います
事実であると証明する術はありません

human being なので水を飲みます
これは証明する必要のない事実ですあなたと
水は同じ空間で同じように存在しています
ペットボトルを潰す音がしますぶちぶちと
音を立てています弱者が
搾取されるのは良くないでしょう当たり前です

なんだかんだいって男性中心社会ですから
どんなに努力をしても女性であるという理由だけで
あなたの行動が制限されるのだとしたら
なんとなくってそんなことはないでしょう
はっきりと指示をしてください
答えられないなら
誘わないでください大切なのは決断力です
何が正しいのか誰にもわからないのですから
手持ちの材料だけであなたが
私が
次に何をすべきなのか決めるしかないんですよ

何かのためなんていうのは不潔ですよ

だってずっと起きてるじゃないですか
優しいところもあるからずっといられる
空気も水も汚い
結局人間というのは不純なものですから
人間を肯定する
何か言ってください
まずこんにちはと言ってくださいただいまと
言ってくださいずっと想像していましたよ
想像しきった後に

駅名を順に述べて新しい駅ができる

月が黄色く輝いているまるでチーズみたいだ
食べると苦い味がする
謝って謝って謝りつづけるんだよ
きっと許してはくれないけれど
それでも
キャラメルキャラメルキャラメルって何回も言うみたいに
それでも言うんだよ

ちょっと休んだっていいんだよ
休みたい時に休めばいい
ステージの真ん中でだらしなく寝そべって
そういうやつだってわかってくれればそれでいい
時には少し極端に振る舞ってみるそのバランスが大事だよ
急に無気力になったり無関心になったりする
そのバランスが大事だよそんな
バランスのことなんかすっかり忘れて
ひとつのことにのめり込んだりする

後ろから声をかけられたのだ

あなたの名前ではなかったが

確かに呼びかけられているような気がした
ほら見たことのない野菜を調理して
名前の分からないメニューを作る
この食べ物はどの国で作られたものですか
どうやって運ばれたのだろう
血液型はなんですか
もしも不慮の事故に遇い
たくさんの血を失う時
輸血するのにふさわしい血を知っておきたい

風が吹いて色がついているような気がした
黄色い風がコンビニエンスストアの方へ
吸い込まれるように入っていく
パンを二つと缶コーヒーを買って出ていく
二時間待ってからようやくパンを食べた
これは顔
顔としてのパン
つまりアンパンマンだ
ジャムおじさんの顔ははたして食べられるのか
顔を食べられるパンと
顔を食べられないパンのようなパンではないものがいるのだ
食べられるものは安全であると判断して

食べられないものは危険であると
判断して食べられるものと
食べられないものを区別する

どこかで聞いたことのある
事実だけが重ねられていく

玄関には靴があり
いつのまにか口を開いて
曖昧な相槌を打ち
明らかにする

人類が長い時間をかけて構築してきたものだ
理解できないものは敵だから
迷いや疑問が生じたり判断を誤ったりしない知識だけをもとに
できるだけ早いスピードで言葉を連ねて

どっちも好きだから
間違いの少ない方を
より信頼に足ると
判断しているのか

最後なんだと言い聞かせて
力を発揮する
それを利用して
歩きはじめる
こんなことをしたくはないのに

記録についてのメモ

1

ひとつのものに向かって、三人が同じ距離、別の方角から同時に朗読する。

A　今日話したことを忘れないようにメモしておく。私たちの言葉は、~~2016年3月11日金曜日~~、人の声によって発せられ録音される。そのときただ一度だけ発話された声は、その後何回も、何十回も、何千回も再び現れうる。私たちは、いわば永遠の生を得るのだ。

B　今日話したことを忘れないようにメモしておく。私たちの言葉は、今日から一ヶ月後の金曜日、何人かの人の声によって発せられ録音される。そのときその場所でただ一度だけ発話された複数の声は、その後何度でも様々な場所に現れうる。私たちは、いわば無限の生を得るのだ。

C　一ヶ月前に話したことを忘れないようにメモしておく。私たちの言葉は、今日この場所で、人の声によって発せられ録音されている。私たちのこの声はここから先、何回も、何万回も、何億回も再び現れるだろう。私たちは、永遠であり無限なのだ。

2

三人が同時に朗読する。「キツネ」が駆けていくのを見ながら。

A　今日思い出したことを忘れないようにメモしておく。生涯でキツネを見たのは二度しかない。その1。校庭のいちばん奥を一匹のキツネがかけていく。真っ白なグラウンドに弧を描く足跡。私たちは順に指さして「キツネだ!」「キツネだ!」と叫ぶ。その2。曲がりくねった山道を走る車の後部座席でキツネを見ている。曲がり角へ来るたびに次から次へとキツネが現れる。キツネだ。またキツネだ。やがて指をさすのをあきらめる。

B　今日思い出したことを忘れないようにメモしておく。この世にキツネは二匹しかいない。その1。校庭のいちばん奥をかけていくキツネ。真っ白なグラウンドに足跡で弧を描く。私たちは順に指さして「キツネだ!」「キツネだ!」と叫ぶ。その2。曲がりくねった山道を走る車の後部座席から見えるキツネ。曲がり角へ来るたびにそのキツネは現れる。キツネだ。またキツネだ。やがて指をさすのをあきらめる。

C　一ヶ月前に思い出したことを忘れないようにメモしておく。その日までにキツネを見たのは二度しかない。その1。私たちは順に指さして「キツネだ!」「キツネだ!」と叫ぶ。その2。曲がり角へ来るたびに次から次へとキツネが現れる。キツネだ。またキツネだ。今日、三度目のキツネを見ている。

3

ひとりで朗読する。

A　先日記したメモから、日付を削除することにした。その日付はきっと特別な意味をおびてしまうだろうから。文字は最初から不滅なのに、私たちはすぐに間違いを正してしまう。

4

二人、同時に朗読する。ひとりがひとりを追いかけるように。

B　今日起こったことを忘れないようにメモしておく。私は地下鉄に乗り、レコーダーのスイッチを入れた。そこに声と雑踏とクラクションが記録されるのを待った。帰ってから一ヶ月前のメモを読み上げた。それらを再生して聴いた。

C　一〇年前に起こったことを忘れないようにメモしておく。私は地下鉄に乗り、レコーダーのスイッチを入れた。一〇年前の声と雑踏とクラクションが記録されるのを待った。帰ってから一〇年と一ヶ月前のメモを読み上げた。それらを再生して聴いた。

5

三人がそれぞれ別々の音に向き合って同時に朗読する。

A　今日聴いた音楽を忘れないように録音しておく。私はこの音楽を、リビングで、寝室で、車の中で、電車に乗って、ふと立ち寄ったカフェで、歩きながら、本を読みながら、眠りながら、歌いながら、もう一度聴くだろう。

B　今日聴いた音楽を忘れないように録音しておく。私はこの音楽を、友達と、家族と、知りあったばかりの人と、顔も知らない人と、まだ生まれていない人と、死んでしまった人と一緒に、もう一度聴くだろう。

C　今日聴いた音楽を忘れないように録音しておく。私はこの音楽を、今日とは別の場所、別の時間、別の服、別の時計、別の日付、別の靴、別のスマートフォン、別のからだで、もう二度と、聴くことはない。

XT NOTE 2

書いている理由がない嫌な気持ちも
いい気持ちもなくてかたくなに
呼ばれたくないのとも違うから

世間的には手首を切ってインドに行く人かインドに
手首を切りに行く人かどちらか
その人たちはその人たちでいいんだ一生懸命
書いている横で一生懸命手首を切るんだったら
それはそれでいいその人はその人で頑張って手首を
切るんだったらそれはそれでいいラグビーやってますけど

あなた方はアメフトですよねぐらいの感じで
職業欄どうしますかって言われたんだけど
主な活動はCDを聞くことDVDを見たり
ライブに行ったり動画を検索
忙しいね一九七〇年代ぐらいになると終わってるから
もう終わってるからどっちに行くのもそこはもう今更みたいな
どっちでもいいなみたいな
弁当を食べる人でもいい
何でもいいインドに興味ない人でもいい
消去法で結局文字数の関係で名刺に書いてありますね
文字数の関係で

道を歩いてたら動物病院って明朝体で書いてあって

草書でそばと書かれるとそば以外も置いてんのかな
カレーうどんもあるのかなって思うけど
何の前触れもなく動物病院って書かれると
自分が動物病院であることに全く迷いがない
ラーメン屋で俺の塩とでっかい太字で書きすぎると
自信がないのの裏返しかなって思う
言い過ぎよそんなに太くする必要あるのか
いやお前の塩じゃないかもよって
何かやましいことでもあるのって気がする

ラーメンを食べることにやましさを感じているのか
動物病院は自分のこと絶対動物病院だと思っているから
例えばポスト動物病院っていうのも見たいよね
動物病院とは何かを疑うみたいな目線だよね
カルテと手術の時の手の動きがバラバラみたいな
全然カルテと違うことしちゃって
動物の方を置き去りにしていいやつ
動物病院に行きたい人と動物が集まってくる
手術とかも医者がやるもんなのか
疑いがないといけないんじゃないのか
素人にやらせちゃおう
いろんなやつを手術台にあげちゃおう

首の皮一枚でつながった地図を片手に街を歩く

小さく折りたたまれていて
折れ目のところが皮一枚でつながっている
補強の仕方もセロハンテープと違って劣化しない
よく考えてみれば歩き方は全く進歩していなくて
地図の寿命と歩く速度は関連しているどうしようもなく
行き先がわからなくなって立ち尽くすそういう終わりは
絵になりすぎてずるい気がするだから自分の意志で

止まりたいと思う目的を決めなかったから
勇気なんていらないし別に今でも
すぐ止まれるんだけどいつのまにか
止まり場所を探しているあそこの角に
止まるのもいいかもしれない
あそこの角のすみっこの方で
いやこの寝っ転がったタイミングで
雨が降った
目の前が川だ
別に満月じゃなかった
ただ水を飲むようにただ眠れるんだろう

三日前に作った麦茶を毎日ちょっとずつ飲んでいる
味が変わっているという先入観でそう思っているのか
実際にちょっとずつ味が変わっているのを
微細に感じているのか

あの初日の麦茶の味をどうやって思い出せばいいのだろう
経験しているんだよ
金メダルを取った時の気持ちはわかりません
どうやって戦争をやっているかはわかりません
同じぐらい遠い

全然憧れないけど
具体的に分かってきた
感想を聞きたい
心から一日目の麦茶を欲する

これを希望と呼んだっていいし
生活と呼んだっていい

野蛮な三歳児
自殺未遂するはまぐり
リンカーンと同じ歌声

アメリカ人風のファッションをしたくないという気持ち
パセリと言って頭の中にセロリが浮かんでいる
答え合わせをしよう
日が暮れようとしている
これぐらいの認識で
人生は恐ろしい
ものごとはありがちに進む
ありがちに進むのは恐ろしい

このタイミングで言うのもなんですけど
戦争が好き

暴力とかパワハラっぽいのは苦手
純粋に戦争が好き
人傷つけない系の戦争が好き
甘いものばっかり食べてるとしょっぱいものも食べたくなる感じで反戦もしたい
純粋に反戦が好き
平和のために使われる反戦が嫌だ
戦争に政治を持ち込んで欲しくない
勝ち負けにこだわって戦争するのはよくない
純粋な戦争を応援したい

きいろできれいですね
すごいです

きいろだからきれいなんですか
きいろだからすごいんですか
きいろがすごいんですか
すごいときいろはわけられるんですか
どうしますか
すごいきいろがきえてなくなるという可能性も否めません
困ります
きいろが目の前にある

きいろがどんどんきいろくなっていく
もしわけたらはんぶんこしませんか
この包丁でわけられませんか
このはさみでわけられませんか
このカッターで
あしたは遠足だからおやつを買いにいく
三百円以内で五百円分買えるすごい三百円がほしい
だれも悪いとはいえない
手ぶらで遠足にいく

間違えたのは結局

いなくても
いても
いつまでたっても
裁判所が
国が認めたんだ

決まっちゃった
これとは関係なしに
絶対に

あいまいさは残し

雨なんて言葉をよく耳にするというか
口にするというか頭の中で
浮かべたときにはたいてい降っていない
目の前でざあざあと
いっぱいあるんだからわざわざ思う必要もない

密室にいるからわからないんだけどいま
乾いた空気の中に響く雨音にかき消され晴れの日がいい

曇りでもいい昨日
買おうとしてやっぱりやめたバイクの古いチラシ
鉄を舐めたら妥協しても話をするために記憶にとどめて
距離ってのはそれぐらいで水を
飲まなきゃいけないから手のひらに
収まるサイズの消しゴムばっかり集めている
ニンジンを小さく切って玉ねぎも切ってカレー粉も入れて煮込んで
終わるのを待っているありきたりの
雨の音を一個一個聞いて初めて床屋に行った時のことをふと

1970年代にあなたは何をしていましたか何を

書いていましたか
いや今更どっちでもいいんですけどあなたが
そのとき生きていたのかいなかったのか
そもそもわからないわけですし

書いていたのかいなかったのかそんなことはどちらでも
いいとか嫌とかそんなことじゃなくて道を歩いていたら
明朝体で動物病院と書かれていて
それはゴシック体であってもよかったと思うんだけど
明朝体だったことをよく覚えていますその

カレーうどんを出す動物病院では
入っていた肉が何の肉だったのかが
気になってしまい食べるのをためらって結局
食べたんですよおいしかったそこに塩を
振ってそれはうどんではなくてラーメンであったのかもしれませんそれが
ラーメンなのかうどんなのか判別できなかったことを今でも
悔いています

動物の心をおざなりにしたまま
日々動物の体にポケットをつけて
人形を入れる叩いてもいいし叩かなくてもいい多分
首の皮一枚でつながった犬と猫

どこにいるのか地図には書かれていない
全くわからないよどこへ行けばいいのかどこへ
行っていいのかわからない地図を見ながら歩くことは
いちばん純粋な歩き方だと思うよ
行きたい場所も行かなきゃいけない場所もないのに地図を見て

首の皮一枚でつながった地図を持って
自分のタイミングで自分の歩幅で
思うようなスピードで歩きつづける
あそこの角で一度だけ止まってもいいでしょうか
今どこを歩いているのかそれだけを正確に確かめながら
正しく歩く

この地図はどうしたいんだろうどうやって私を連れて行こうとするのだろう
私と私の横にいる人が一緒に見ている
私は右に三回というあなたが左に二回という
スパゲティを食べられるレストランを探すんだよ
もう時間がないんだよ三日前から時間がないんだよ
金メダリストでもないのに何故こんなに早く走る必要があるのか
どうやって戦争に向かって歩いて行くのか
一日目の麦茶の味を覚えていたとしても
同じくらい遠い一日目の麦茶は
金メダリストのように
それぐらい遠い
金メダリストと同じくらいに

一日目の麦茶は遠いすごく遠い金メダリストと同じくらいに
希望があるよ
言葉に
価値なんてないんだし
今初めて気づいたんだ今初めて気づいたんだパンダパンダ気づいたんだパンダ
焦りに焦ったパンダパンダ焦ったパンダパンダ焦った
パンダあったパンダパンダパンダパンダパンダパンダ
パンダパンダパセリパセリりんごゴリラパンダりんごゴリラパンダパセリパセリ
パセリパセリセロリの違いがよくわからない
パセリとセロリの違いが
よくわからないどっちでもいいしどっちでも
どっちでなくてもいいし

どちらがよりパセリでどちらがセロリなのか
わからないけれどこれは何なんだろう
これは何なんだろうまた触れようとしている
純粋な戦争が好きなんです
あなたはどこからの戦争が嫌いですか
反戦はどうですか
純粋な反戦はどうですか
いいように使われる反戦なら駄目です
やめろやめろやめろやめろやめろってやめろって反省しろ
それでいいんだよ
戦争だけ好きなやつや反戦だけ好きな奴ってのはバランスが悪いだろう
戦争も反戦も同じように愛するんだよ

何かのための戦争なんてよくないよ純粋に戦争のこと考えろよ
黄色だからきれいなんですかこれ
すごい勢いで黄色くなっていますね
このすごい勢いで黄色くなっている黄色はなんなんだ
もしこのすごい黄色が分けられたら
黄色と黄色でないものとに分けられたら
目の前にあるのは
どんな色の黄色なのか
黄色くなっていくのかどんなに
黄色くなっていくのかこれは

半分こしませんかよくわからないけれど
よくわからないけれどまた会った時に
また会った時に黄色を

分け合った上でまた会ったら
その時にはすごく
すごい黄色が出来上がると思うだから
本当に好きなものもそうじゃないものも
このハサミで二つに分けてこのカッターで
二つに分けて明日は遠足だから

おやつを買ってふたりで半分に分けて
それぞれの鞄に入れて

本当はすべてのお菓子を独り占めしたいんだけど
あなたはすごい
だからあなたには何もあげられない
あなたにあげるものは何もない
全部私がもらうよ
あなたはすべて奪われても
半分をもらう権利があるなどとは決して言えないはずだだから
私が全部もらうよ

誰のせいですか
いったい誰がこの不始末の責任をとるというのですか
責任をとらされてどうなる
すべての責任をとってこの場を追われ
なおかつ金を払わせられるのですか
許されていいのか
弱いものをさらに弱い立場に追い詰めすべてを奪う
あなたがしようとしているのはそういうことではありませんか
もちろんあなたもまた弱い
あなたよりも強いものからあなた自身が責任をとるのか
強いられているのだということは知っています
だとしたらむしろ

私は決して代わりに責任をとりはしません
あなたもまた責任をとるべきではないからです
ともに戦いましょう
もっと責められるべき者たちを打倒するために
私は決してこの不始末の責任を取りません
体が痒くなって私の体が私のものではないような気がして
私の体は私を攻撃する
ぐにょぐにょになって
私が私の形をとったまま私でいつづけることができないような気がするよ
私が私を私のものだと思えなくなっているのはあなたのせいなんです
雨が降っているのはあなたのせいなんです
雨に濡れてずっと歩いていくだろう

雨に濡れる私の体がどのくらい私の体でありつづけるのかを確かめるために
何一つ持たずに雨の街へ出ていくだろう
涙みたいな味がするよこの雨は
あなたの涙を拭こうとしてあなたの目の下を消しゴムでこする
あなたの涙を不器用に吸い込んであなたの顔が少しだけ黒ずむ
責任のとり方をうまく学べなかったから
こうして何もかもをうやむやにして
初めて匿名で言葉を発した時のことを思い出しているのか
それもいいだろう
私は私の発した言葉に一切の責任をとらない
私の言葉であろうが別の誰かの言葉であろうが同じ力を持つ
クロスワードパズルを解くように言葉を発することができたなら

私は私の陰に隠れて私でないものとして発言することができる
答えても何の意味もない問題に挑むようにして
穴を埋めるように言葉を埋める
細部にわたってノイズを混ぜて四角でもなくまるでもなく
クロスワードパズルを解くように話しつづけられる場所を作る
手には何か武器のようなものを持っている
その武器で打ちのめされ私が倒れ私の体から血が流れその血が床に赤いシミをつける
必死でこすって消そうとする人の影が見える
床は別の何かを吸い込む
口から出てくるのはとりとめもないことばかりだ
なぜためらっているのか
なぜ椎茸だけを食べないままにしていたのかを話していなかった

口にできなかった食べ物のことだけを記憶している
なぜ言えなかったのか
不整合で何かを隠しているようだ
質問の意味はなんなのか正確に記してくれ
そのことにだけ正確に答えよう
他の何かを付け足すことなく

ジョン・ケージ・クイズ

Q48「四分三三秒　第二番」の副題を持つ、日本で初演されたケージの作品は？　A13 HPSCHD　Q2ジョン・ケージの没年月日は？　Q46アラン・カプローは一九五八年にニュー・スクール・フォー・ソシエル・リサーチでケージに学んだ。カプローがその翌年に開催したイヴェントによって定着した表現形式は？　Q13ケージはレジャレン・ヒラーと共同でコンピュータを取り入れた作曲を行った。「ハープシコード」を意味するこの作品のタイトルは？　A43管理された偶然性　Q28ドイツの作曲家シュトックハウゼンが、その一部をケージに捧げた、世界各国の国歌をコラージュした作品は？　A14一九六二年　A41チャンス・オペレーションズ　Q11キノコへの関心を高めたケージが一九六二年に創設したのは？　Q21ケージは最晩年に「タイム・ブラケット」という演奏時間の幅を記した五線譜の断片を用いて、数多くの作品を作曲した。演奏者の数をタイトルとしたこれらの作品を何と呼ぶか？　Q43作曲家ピエール・ブーレーズはケージと一時期親しい交友関係を持ったが、後にケージの依拠する偶然性を「怠慢による偶然性」と呼び非難した。一方で、ブーレーズらヨーロッパの作曲家が技法として取り入れた、作曲家の意図が聴き手まで到達するようにコントロールされた偶然性は何と呼ばれるか?　A15 バッカナル　Q9 ケージ来日中の一九六二年に現代音楽の積極的な推進を目的として結成された演奏家グループは?　A31 ロバート・ラウシェンバーグ　A46 ハプニング　Q8 一九六〇年から一九六四年まで計二四回開催され、とりわけ第一九回のケージとチュードアの招聘によって日本の現代音楽に大きな影響を及ぼした演奏会シリーズを何と言うか?　Q10 ケージが最晩年に構想し、ケージの死後、日本でも新潟市民芸術文化会館で上演された作品は?　A29 マイスター・エックハルト　Q50 ケージ七五歳を祝うフェスティバルに出演予定だったモートン・フェルドマンは、直前の九月三日に急逝した。当日、演奏者の変更を伝える紙に書かれていた言葉は?　Q53 一九六一年のインタビューにおいて、音楽の最も重要な要素は何かという問いにケージは何と答えたか?　A30 ウォーター・ゴング　A7 一分四〇秒　Q52 できるだけゆっくりと演奏することを指定しているケージのオルガン作品《Organ2/ASLSP》の極めてゆっくりとした演奏がドイツの教会が行われている。二〇〇一年九月五日にスタートしたこの演奏は何年かかる予定か?　Q32《無についてのレクチャー》において、ケージは聴衆からの質問内容に関わらず、あらかじめ六つの答えを用意していた。一つ目の答えは何か？　Q18《四分三三秒》初演のほか、ケージの多くの作品に参加し、ライブ・エレクトロ・ミュージックのパフォーマーとしても活躍したピアニストは？　A21ナンバー・ピース　A48〇分〇〇秒　A59フィネガンズ・ウェイク　A25ニューヨーク・スクール　Q61チャンス・オペレーションズによって展示内容が変化する展覧会《ローリーホーリーオーバーサーカス》は、ケージの死後に実現した。日本でも一九九四年から一九九五年にかけて開催された。開催場所はどこだったか？　Q55演奏または聴取の過程に関与する偶然性、つまり実際に演奏や聴取が行われるまで音響効果がどうなるかわからないような偶然性のことを何と言うか？　Q60各行の頭文字をつづけて読むと意味のある言葉になるように言葉を配置していくテキスト構成方法をアクロスティックスという。これとよく似た方法で、ケージがしばしば活用した、中央列に特定の言葉を配置してテキストをつくる技法を何と言うか？　A55不確定性　A5易経　A52六三九年　Q29鈴木大拙が関心を寄せ、ケージも自らのレクチャーの中でしばしば言及した中世ドイツの神秘思想家は？　Q49一九七七年にアメリカに移住し、ケージ、チュードアとともにマース・カニングハム・ダンス・カンパニーの音楽を担当した日本の作曲家は？　A44イマジナリー・ランドスケープ第一番　A22チープ・イミテーション　A40ヘンリー・カウエル　A8草月アートセンター・コンテンポラリー・シリーズ　A38アントン・ヴェーベルン　A37ヴェクサシオン　A19マルセル・デュシャン　Q33一九六一年にケージが行った、独立した四つの講演が同時に聞こえるレクチャーのタイトルは？　A42ケージ《イマジナリー・ランドスケープ第四番》はある装置の周波数とボリュームの操作によって演奏されるため、演奏日時や場所によって異なる音響が生まれる。その装置とは？　Q40ケージは最初期の作品において、二五の連続した音を一度ずつ使う音列技法を用いて作曲していた。この技法と一二音技法との共通性を認めて、ケージに対してシェーンベルクに師事することを薦めた作曲家は？　A12演劇とその分身　Q34作曲をつづけていく上で和声の感覚を持たないために壁に突きあたるだろうとシェーンベルクから告げられたとき、ケージは何と答えたか？　A17マース・カニングハム　Q41コイン投げや易経にもとづいて配列を決める作曲、型紙を使った作曲、紙のしみを音符に見立てることによる作曲など、作曲家が楽譜をつくる過程に偶然性がはたらくとき、そこでなされる操作を何と言うか？　A9ニュー・ディレクション　A3オスカー・フィッシンガー　Q39ドイツのある都市では一九四六年以降、夏季現代音楽講習会が開催されている。一九五八年にはケージが訪れ、ヨーロッパにおいて偶然性の音楽がひろまるきっかけとなった。その都市の名は？　A39ダルムシュタット　A33われわれはどこへ行くのか、そして何をするのか。　Q5授業料なしでケージに作曲を教わっていたクリスチャン・ヴォルフは、お礼として父親の出版社の新刊書を渡していた。その中に含まれていた、ケージのその後の作曲方法に大きな影響を与えた一冊は？　Q24モートン・フェルドマンが発案し、ケージら多数の作曲家がそれによる作曲を試みた、五線譜を用いない楽譜を何と言うか？　Q7《四分三三秒》の第一楽章は三〇秒、第二楽章は二分二三秒である。では、第三楽章は何秒か？　Q37一九六三年にケージら一〇人のピアニストによって一八時間かけて初演された、五二拍からなるモチーフを八四〇回繰り返すという指定をもつエリック・サティの作品は？　Q16ケージは一九五二年に、ラウシェンバーグやカニングハムらとともに、絵画、ダンス、映画、レコード、ラジオ、詩、ピアノ演奏、レクチャー等を含むイヴェントを行った。それが行われた場所はどこか？　Q38 新ウィーン楽派のある作曲家が休止符を重視していることにケージは注目した。その作曲家とは？　Q6 一九六一年に九年間のアメリカ滞在から帰国し、ケージの思想と不確定性音楽を紹介した日本の作曲家は？　Q26 一九四一年、ケージがルー・ハリソンと共作した四人の打楽器奏者のための作品は、第一奏者と第三奏者のパートをケージが作曲し、それ以外の二つのパートをハリソンが担当した。この作品のタイトルは？　A36 カリフォルニア州ロサンゼルス　Q35 ケージは誤って毒性のある植物を食べすぎて命を失いかけたことがある。ザゼンソウと同時期に生えるその植物とは？　A35 クリスマスローズ　Q36 ケージの出身地は？　A20 血液循環の音　Q45 ケージ《ローツァルト・ミックス》は様々な長さのテープ・ループを十二台のテープレコーダーにかけて演奏する作品である。テープ・ループは最低でもピアノの鍵盤と同じ数だけ必要であると定められている。つまり必要なのは何本か？　Q20 一九五一年、ケージは無響室の中で二つの音を聴いた。一つは自分自身の神経系が働いている音である。もう一つは？　A4ヴァージル・トムソン　Q15ケージはあるバレエ作品の作曲を依頼されたが、上演される劇場が打楽器オーケストラにとって充分な広さがなかったことからプリペアド・ピアノが考案された。その作品とは？　A45八十八本　Q47ナム・ジュン・パイクは一九六〇年の《ピアノのための習作》というパフォーマンスの中で、ケージのあるものを事前に警告することなくハサミで切った。それにちなんでパイクの葬儀では参列者たちが自らのそれを切って棺に納めた。あるものとは？　A49小杉武久　A47ネクタイ　A18デイヴィッド・チュードア　A1一九一二年九月五日　A11ニューヨーク菌類学会　Q1ジョン・ケージの生年月日は？　Q44電子音楽の原型であると同時に、ライブ・エレクトロニクスの原型でもある一九三九年のケージの作品は？　A42ラジオ受信機　A51潜水艦　A16ケージは日本で開かれたある授賞式に招かれた際、スーツを着ることを拒否した末、羽織袴にて出席した。このときに授与された賞の名前は？　A63百年以上　Q64ケージは笑顔を絶やさないことで知られていた。その笑顔は何と呼ばれたか？　Q19ケージにチェスを教えた芸術家は？　A2一九九二年八月一二日　Q17一九三七年に初めてケージと出会い、生涯にわたってケージとの共同制作を行ったダンサーは？　A34その壁に頭を打ちつけることに、一生を捧げます。　Q25アール・ブラウン、モートン・フェルドマン、クリスチャン・ウォルフら、ケージの周りに集った作曲家の仲間は、抽象表現主義の美術家たちになぞらえて何と呼ばれたか？　A58ミュージサーカス　Q14ケージが初来日したのは何年？　Q56ケージは《樹の子供》という作品で、植物素材から生まれる音をコンタクト・マイクを使って増幅した。このとき使われたトゲをもつ植物は何か？　A60メソスティックス　Q57テレビ番組で放映された一九五九年のケージ作品で、花に水をやる、湯を沸かす、酒を飲むといった日常的行為の連続で構成されたパフォーマンスのタイトルは？　A23ストーニー・ポイント　A6一柳慧　A10オーシャン　A62京都賞　Q27ケージはエリック・サティとの架空の対話の中で、音には四つの特性があると語っている。周波数、音量、音色、もう一つは？　Q63ケージが生まれてから今年で何年になるか？　A57ウォーター・ウォーク　Q31タイヤにインクを塗った車をケージに運転させた美術家は？　A32たいへんいい質問です。お答えをして、質問を台無しにしたくはありません。 Q3初期ヴィジュアル・ミュージックの代表的な作家であり、ケージに対してあらゆるものに宿る音へ耳を傾けることを示唆した映像作家は？ Q23一九五四年から一九七〇年までケージが居住したニューヨーク郊外の自然に恵まれた土地は？ A27持続 A28ヒムネン Q22原曲の著作権者から編曲の許諾が降りなかったために誕生した、サティ《ソクラテス》の旋律をチャンス・オペレーションズによって組み換えてできた作品は？ Q59一九七九年のラジオ劇《ロアラトリオ》は、ケージが考案した「ある本を音楽に翻訳する方法」に基づいてつくられた作品である。本の中で言及されている音や、本に登場する土地で録音した音、メソスティックスでつくられたテキストの朗読などで構成されている。このとき使用されたジェイムズ・ジョイスの作品は？ A61水戸芸術館 Q12デイヴィッド・チュードアがケージからの依頼でブーレーズ作曲の《ピアノ・ソナタ第二番》の演奏に取り組んだとき研究したアントナン・アルトーの著作は？ A54プリペアド・ピアノ A26ダブル・ミュージック Q4ケージはある作曲家の伝記執筆に十年越しで携わっていた。伝記は共著という形で一九五九年に出版された。その作曲家とは？ A56サボテン Q54ピアノの弦の間にゴムやボルト、木片などを挟み込むことで、打鍵すると多数の不揃いな音高と音色をもつ響きが得られる。ケージが発明したこの楽器を何と言うか？　A53時間　Q30一九三四年にケージが発明した、鳴っているゴングを水に浸して音高を下げる特殊奏法を何と言うか？　A50誰もモートン・フェルドマンの代わりを務めることはできない。　A24図形楽譜　Q58ケージが考案し、一九六七年に初めて実現した、さまざまな異なるパフォーマンスが中心を持たないまま同一空間に共在するイヴェントを何と言うか？　Q51発明家であったケージの父親が設計し、当時の世界記録を更新したものとは？

（以上、《演奏者のためのジョン・ケージ・クイズ》）

《演奏者のための〇〇クイズ》のつくり方／演奏方法

1　テーマを決定する

2　テーマに関する任意の数のクイズとその答えを用意する

3　すべてのクイズと答えの順序をチャンス・オペレーションズによって決定する

4　声に出してまたは声に出さずに読む

XT NOTE 3

それぐらいよいでしょう
いまこうして椎茸の
話をしているのだから
言葉が
あなたにとってどんな意味をもつのかを

よく考えてください
生きていてくれてどうもありがとう
それはあなたの義務です
どんな食べ物が好きでどんな
食べ物が嫌いなのか
教えてくれてどうもありがとう

手のひらの上に鉛筆が載っている
私はそれを食べる
あなたが生きていてくれてうれしいという気持ちを
教えてくれて
どうもありがとう

鉛筆が折れてこなごなにくだけ
口の中に文字があふれる
あなたはそれを聞け

あなたには
それを聞く義務がある

これが二日目です
携帯電話の電源を切るのに
時間がかかってしまいました
ありのままを話そうと思います
もともと切っていたのに
切るのに時間がかかったと
そうではありませんと
私は主張します
事実であると
証明するすべはありません
私は human being なので
水を飲みます

これは

証明する必要のない事実です
演出でしょうかそれとも
嘘でしょうか
私は
どうしたらいいでしょうか
私と水は
同じ位置にいます

同じように
存在しています

人を愛したことがないのです
本当でしょうか
ペットボトルをつぶす音がします
ぶちぶちと音を立てています
弱者が搾取されるのは
良くないでしょう
当たり前です
どんなに努力をしても
あなたが男性であるという
理由だけで

行動が制限されるのだとしたら

あなたは男性です限りなく
もっとはっきりと
指示をしてください
私とあなたの立場を交換するのだ
なんとなくってそんなことはないでしょう
何が正しいのか
誰にも
わからない
手持ちの材料だけであなたが
私が
私たちが
次に何を

すべきなのか
決めるしかないんですよ

昨日は遅かったかもしれないけど
今日はそうじゃないんです
何かのため
なんていうのは不潔ですよ
明日もそうかもしれないけど
今はそうじゃないんです
だってずっと起きているじゃないですか
優しいところもあるよね
結局人間というのは不純なものですから
ずっとあるっていう安心感がありますよね
優しいところもあるから
空気も水も汚い

人も汚い

どちらかを選べと言われたなら
人間が肯定される方を選びます
ここにあるすべてが本当なんだから
ここにないすべても本当なんだから

何か英語を言ってください
ハロー
まずこんにちはと言ってください
ありがとうと言ってください
ただいまと言ってください

あの星の輝きとあなたが
どう関係しているのですか
ずっと想像していましたよ
想像し終わったあとに何か言ってください

駅名を順に述べて
新しい駅ができる
その名を
二回呼びました

好きな回数言ってもいいですよ
うしろに下がってあいさつして
大きな声でごめんなさいと言いなさい
そうするしかないと思うよ
あやまって
あやまって
あやまりつづけるんだよ

きっと許してはくれないけれど
それでもあやまりつづけるんだよ
キャラメル
キャラメル
キャラメルって
何回も言うみたいに
言葉は繰り返されていくうちに
何の意味も持たないようになって
誰にもどんな気持ちも
もたらさないかもしれないけれど
それでも言うんだよ

ちょっと休んだっていいんだよ
休みたいときに休めばいいんだよ
休んじゃいけない状況で休むことこそ本当の休みなんだから
お疲れ
よく休めました

だらしなく寝そべって
私がここで寝そべっているのだということだけが伝わればいい
私がそういうやつだってわかってくれればそれでいい

その時うしろから声を
かけられたのだ
名前を
呼ばれたのだ
その名前は
私の名前ではなかったが
たしかに私の方に
呼びかけられている

歌を
歌っていたのだろうか
料理を

していたのかもしれない
見たことのない野菜を
煮込んで
名前の分からない料理を
作る
食べたくなければ
食べなければいい
どの国で
作られたものですか
血液型は
何ですか
ab型ではありませんか

事故に遇い
たくさんの血を
失う時
ふさわしい血が
何なのか
知っておきたい
夢の中で風が吹いて
色がついている

黄色い風が
コンビニエンスストアの方へ

吹いて
吸い込まれるように
入っていく私は
夢の中で食べられる
ものと
食べられない
ものを区別する

考えてみたら
よくある話ばかりしている
玄関には
靴があり
いつのまにか口が少しずつ開いて
息を吐き
あいまいなあいづちを打ち
耳を傾けているのだということを
明らかにする

人類が構築してきた
パターンを認識し

まちがっていないと確かめる
必死にがんばっているんだ

理解できないものは敵だから
寸分の狂いなく
できるだけ早く迷いなく
判断することなく
言葉が先に
出て行くように
高速で
オセロを打つように
何も

共通するものを持っていない
私とあなたは理解しあえない

打鍵のためのレッスン

Instruction:

任意の音楽を選びなさい。
それを聴きながら詩を書きなさい。

その音楽は人間の手で演奏されたものであることが好ましい。音楽を構成するひとつひとつの音が人間の動作とひもづいているとよい。詩を書くための道具は、音楽の演奏に用いられる楽器と似た機構を持つと好ましい。

音楽を聴き終わるのと同時に詩を書きあげること。

Note:

久保田翠『later』収録の「Merei-träu メライトロイ」を聴きながら、詩を書いた。ピアノの音が一音鳴るたびに、パソコンのキーボードを一度だけ叩いてよいという原則にのっとって書いた。ピアノの鍵盤が叩かれるタイミングとキーボードを叩くタイミングができるだけ一致するように努めたが、正確ではない。また、そもそもピアノは複数の音を同時に鳴らせるのに対して、キーボードは原理的にひとつずつしか叩けない。したがってどれほどこの作詩法に習熟しようとも、キーボードの打鍵のいくつかは音楽から遅れざるを得ない。

以下は、100回の試行の中から抜粋したもの。

004

なぜあなたはそんな風に言うのか
わかっているはずなのに
早く終わってしまえばいいと
残り少ない今日を最後まで楽しもうとして
ねむるのを我慢しているのか
開いた眼を見てほら
必ず起きてしまうだろう

010

さては見えない猫を飼っているのだな
壁の向こうでおじいさんが苦しそうな声をあげて
腕を大きく振ってそこにいるのだと
必死にアピールをしている
見てみぬふりをして立ち去ろうと急ぐも
つまずいてころんでしまう
世界はひろい

016

なんでもよいからほしいものを家
ひょっとすると世間でさわがれている
あまりにもさびしいのでごまかして
間にあっていると言い訳をしてたぶん
さえぎるように夜を
じっと待っている犬の目をして

017

残り物の服を着飾ってかえる
けれど船に打ち付けたしるしを
手でなぞるようにはねて
水を飲む口がそばから
風邪をひいたのか別の何かなのか
わからない怖さをうち消すために

019

くるまれた朝に
祈りを雑に終わらせては
残り物の昨日を盾に
あるくときの歩幅で走っている
その姿を写真におさめて
大切なものであるかのように
人に見せる

022

明るい嘘をついた
できれば信じてしまいたいという思いで
言葉はいつであれ意味を帯びてしまうから
帰らない方がいいとしても
激しく否定してもつかんでも
早くそのままでいられるように

026

言い訳がましいので黙っていたが
そんな指令は出ていなかった
ただ残りの時間をできるだけ静かに
やり過ごすことだけが
与えられた任務だったのだ
それなのに大きな手で
行き先は

028

たりない部分はそう
そうだよとあなたはいって
隠すように手を
手をかざして
ふたりまでが限界だったから
いのちや健康のことを
できるだけ考えないようにして
いちばんさいしょに来たバスに乗る

037

変わり者の海に呼ばれている
あらあらと炎の燃え盛る
くるしみの別の名をつけて
ひどい仕打ちを記録するには
この脳は容量が足りなさすぎるから
頭を割ってもう一度
はじめから

041

こどもの冬の偽物の扉
けれどたしかにつながったこぶと
ひっくりかしの額に
やかれにいくそんな重なった矢先に
再会のそぶりをはやめて
針金のここちを背景に

045

融通のきかない声利する
二重の本に擬して狂う
外語区の林とふいの氾濫へ
わかりを住みてきて版
やいでふくうはりして
実感に代わり映えしふるこくと
へみすくう不和に

047

たぬせば敗とほらえわる
じゃこぶに奏でうつすべつにおれ
空刺してファラオ
こりからんでおすてこの
生肉のそこないすくう
節度をほえはらまれて
肺となす

051

でろでろでにしたる
ひてれしてばこだに
はりおぺてくるげそ
ひじしぐつねそにひと
じしれくるかえ
ふるへともにへでれしたら
はねのふりけんませよ
ひちひすれそん
に

056

なあとけどもふるわれて
ひにちふたすふぁかれすを
れっぱにらんどるとも
ふさぎけれずは
へたに恋するはふてをじして
にきしたをはい伴なわず
絶食のくつわぬしへばればは
こんていにいおわす

058

湖には足をつけて涙する権利を与えず
働くことの呼び覚ましとおしまいに
人生の墓場に可能な元気を
湧けて沸騰する幻日にこらえきれず
ぼそぼそと砂を噛むくらいに

059

ゆうべ意識をとりもどしたはずが
いちじかんでまたもとにかえってしまった
はずがないと思いこんでいたはずがないと
ないと思う思うくらいなら
わけもなくかなしいとかなしいと
暮らすくらす限界を超えて得て
ひみつを全部教えて共同で

062

根と猫と遠い日の再び救う
狭いテーブルにいっぱいの食べ物と
ノートに書きつけたぐねぐねの
楽器にはまだ手にした時の記憶が
がんばってよい日にする
平和な

063

楽をして二階から降りてくる方法を
たずねて無理をして呼ばれてもいない
はじめからおしまいまでの一時間を
二度とやってこない人を待つ心持ちで
やめてくれとあなたは言うのか
平穏な

067

かがんでみたのは別荘の
くらいよ道にかじかんだ手で
頬をさすった瞬間に
遅れてきたひとの名前をみんなの前で告げて
晴れやかな笑顔であいさつをした
昨日もそうやってやり過ごしたことも
忘れて忘れようとして

090

財宝を見つけたので一目散に
走って逃げた放火後の楽しい気分を
忘れないように紙に書いておく
それを見られればかにされ
ひとのおこないを裁くのはなんてむずかしいのだろう
残りの時間をすべて使って怒る

690

すらりと伸びたからだを折り畳んで
うしろの壁につるしておく
元気の失ったいきものたちを順に並べて
いっぱつずつ殴るように
何が間違っていて正しかったのかを
よく考える午後
弁当箱にはひとの

073

ばえみしらるきふと
ふてねすとる
はなせぱもぞそらせすなぐてさおれす
ばらせよほらませみご
たつもとみせるしふぁまみ
ふぉらすとせれむすと

085

おろおろとゆうべバカンスにでかけ
ひとに言えないことをしたはずなのに
少しも悔いはなく今日を最後まで
私のものとしてはるか遠い
山の向うを指さして
さめざめと宣告をするのだろう

086

悪いおこないを告白するにはうってつけの場所だ
払い戻すにはせっかくの希望をあきらめて
変な格好でいちばん前に座って笑顔で
みんなの注目をいっしんに集めていると

089

逃げてきてよいとことわっておいたから
頭のなかではわかっているはずだろうし
からだもたぶんついてくる
歯車が狂っていて最高にうまくいく
ずいぶんとワニのきもちがわかってきた
ねえそれでどうしたというのか
手を洗え

090

死んでしまったので裏庭に穴をほって埋めた
アイスの棒をたてて手を合わせて願った
もしも生き返ってもう一度ここに来るときは
前よりも強く大きくなって
決して死なない者になれ
それができないならずっと土のなかにいろよ

092

遠くへ行く出来るだけ遠くへ
少しのお金とペットボトルを持って
帽子にはいっぱいの虫が入っていて
それを道端に捨てて歩いてきた道のりを
きみにわかるようにして
遠くへ行くできるだけできれば

095

わからないのなら黙っていて
過ぎたことは考えずに
なんの意味があるのかは未来のひとが決める
とても安心できる
素直にふりあげた手をおろして
まえだけを見ていまは

098

地球にはたくさんの生き物がいて
全部の名前を覚えてはいない
石に書いておくには多すぎるから
手を叩いてなかったことにする
がんばればなんだってできるが
がんばりたくはない日もあるし
たいていはそういう日だ

XT NOTE 4

故・山田四郎の本当の名は
「四郎」ではない。
「四」という字の
くにがまえの中の
「ル」のような二本の線は
曲げずに
まっすぐに引き下ろされる縦棒でなければならない。
ちょうど「皿」という字の
底部のはみ出た左右を切り取ったような字だ。
常用漢字ではないから、しばしば「四郎」と書かれたし
私もずっと「四郎」だと思っていた。
ここでも「四郎」と書く。

故・山田ヒサは書をたしなんだが
しばしば
「ヒサ子」あるいは
「久子」と署名した。
カタカナ二文字の女性名は
当時はよくあるタイプの名前だっただろう。
それに「子」を付け足したり
カタカナを漢字に変えることもまた
よくある慣習であっただろう。
私は彼女の名前をどう認識していただろうか。
ずっと「おばあちゃん」と呼んでいたから

よく思い出せない。

ココアとバニラどっちが好きなの
どちらも好きだから
どちらも選べない

山田四郎は皿回しの名人だった。
地域のお祭りや介護施設でしばしばその芸を披露した。
よろよろになった人々の前で
もっとよろよろの四郎が皿を回す。
芸歴四〇年

いい加減もうやめておけと何度言われても
舞台に立つことをやめなかった。
以下は四郎の書斎に残されていたメモ。

1　イスに座って待つバンソウで立って
　挨拶して歌で皿回す
（イスを回ってイスの前で一回転して座る）
2　全員で全部のイスを大回転して座る
3　座って皿送り（3ヶ位）戻す時立って送る
　曲が変って傘の準備
4　傘の上での皿回し（傘の点検アリ）
5　残り時間自由演技（ポーズ）

そうなっているのか
いないのか
どんな情報をもとに
信頼できると判断しているのか

ヒサが息をひきとった事実を
四郎に知らせる者はいなかった。
病床の四郎を刺激すべきではない、という親族の配慮のためだが
そもそも誰も会いにいけなかった。

病院は面会を厳しく制限しており、この冬が終わるまでは
会うことは叶わないだろうと言われた。

延命措置についての協議がなされた。
できればあと一年
せめて次の夏まで
みんなが気兼ねなく四郎を訪ねられるようになる
その日が来るまでは
なんとかがんばって。

間違いの少ないほうを
考えの近いほうを
より信頼に足ると判断しているのか

それから二ヶ月後に電話が鳴った。
容体が急変したので来てください。
二人まででお願いします。
姉と妹も一緒になんとかお願いできませんか。
だめです。

フェイスシールドと防護服を装着して入場する。
五分間だけですから。
次はありませんからね。
看護師は事務的な口調で命じる。

いますぐ行かなきゃ
これが最後だと言い聞かせてこれが
最後なんだと言い聞かせて力を発揮する

声をかけると四郎はこちらを見つめ
ぱくぱくと口を動かす。

何かを言おうとしているようだが
その声は聞き取れない。
別れ際に
とっさにスマホを取り出し撮影する。
十五秒ほどの動画を
妹に送信する。

一週間後、早朝に再び電話が鳴る。
四〇分で駆けつける。
今回は何もつけずに通されたのはなぜだろう。
横たわる四郎がこっちに顔を向けている。
生きてるって思ったけれど

もう生きていなかった。

今日が最後の日だとしたら
何を書き残しますか
遠い未来に
これがあなたの最後の言葉だと
誰かがたしかめたとき
どんな言葉が書かれているといいと思いますか

皿回しでテレビ出演をしたときの
宣伝ポスターが居間に貼ってある。
いろいろなものを処分した日に
ぼろぼろになったそれを
もう捨てていいかと四郎に聞いたら
捨てるなと言った。
以下はまた別のメモ。

1. 歌と同時に全員皿回し
2. 中皿で上下移動回し
3. 全員皿回しリレー（2皿）
4. 曲が変つて

傘を使用して皿回し

5. 自由演技
最後のポーズ

こんなことをしたくはない
純粋に歩いていきたい
歌と同時に全員皿回し
自由演技
最後のポーズ

初出覚書

XT Note 1-4	書き下ろし
記録についてのメモ	公開レコーディング「スパイラル・アンビエント」（作曲・演奏・監督：蓮沼執太、会場：スパイラルホール、二〇一六年三月一一日）
ジョン・ケージ・クイズ	「ユリイカ」二〇一二年一〇月号
打鍵のためのレッスン	ombrophone records「echoes of "later"」（二〇二〇年一二月）

あとがき

「XT Note」シリーズは、二〇一八年七–九月に行われた橘上「NO TEXT」公演をもとに書かれた。詩篇を構成する言葉は、公演の中で発せられたものもあれば、そうでないものもある。執筆の期間は二〇一八年から二〇二一年に及んだ。その間にたびたび上演の録画を見返し、文字起こしされた言葉を読んだ。執筆は幾度も中断し（なぜなら締め切りが幾度も伸びたので）、多くの文書は未整理のまま残された。いよいよ本当の締め切りが来たので、それらを集めてひとまずの形とした。ほかに音楽の上演や記録と関わりがあるいくつかの詩篇を並べた。これらの総体を詩集『XT Note』とする。

山田亮太（やまだ・りょうた）

詩人。詩集に『ジャイアントフィールド』（思潮社）、『オバマ・グーグル』（思潮社）、『誕生祭』（七月堂）。『オバマ・グーグル』で第50回小熊秀雄賞受賞。共著に『新しい手洗いのために』（素粒社）、『空気の日記』（書肆侃侃房）など。2006年よりヴァーバル・アート・ユニットTOLTAで活動。詩をもちいたインスタレーションやパフォーマンスを制作する。TOLTAでの参加展覧会に「あそびのじかん」（東京都現代美術館）、「月に吠えよ、萩原朔太郎展」（世田谷文学館）など。

XT NOTE

TEXT BY NO TEXT 3

山田亮太

いぬのせなか座叢書5－3

発行日：2023年1月31日

発行：いぬのせなか座
http://inunosenakaza.com
reneweddistances@gmail.com

[redacted]

装釘・本文レイアウト：山本浩貴＋h（いぬのせなか座）

印刷・製本：シナノ印刷株式会社